¡Muy bien, Dudú!

Para Deddele

¡Muy bien, Dudú!

Texto de Corinna Gieseler y Markus Niesen
Ilustraciones de Annette Swoboda

Editorial EJ Juventud

A Dudú le duele la barriga.
—Me duele mucho, no podré
ir a la piscina —se lamenta.

—Dudú, ¿dónde está tu flotador? —pregunta Mamá.
—¿Quién ha dicho que todos los patos tienen
que nadar? —contesta Dudú malhumorado.

—¡En nuestra familia, los patos siempre han nadado! —dice Mamá.

«¿Por qué hay que ir a la piscina?
En casa se pueden hacer
tantas cosas...
Y además, ¡en la piscina puede
pasar de todo!
Bueno, quién sabe, quizás hoy
esté cerrada...»

«¡Oh, no! ¡Está abierta! Y encima,
llena de gente.»
Dudú necesita ir al váter otra vez.
—¡Vamos, Dudú! —grita Dedé.

En la tumbona, Mamá cierra los ojos
y echa una cabezadita.
«¿Habrá algún vigilante aquí?»,
se pregunta Dudú.
¡Lo que sí hay es una ducha fría!

—¡Voy a pillar un catarro! —lloriquea Dudú.

Dudú llega el último
al borde de la piscina.
Parece muy profunda.
¡Muy, muy profunda!

−¡Eres un miedica! −grita Didí.
Dudú hace de tripas corazón,
cruza la piscina de punta
a punta… y no le pasa nada.

Van a echar una carrera.
¡Qué mala pata! Dudú
ha tenido una salida desastrosa.
—Los patitos pequeños como
yo deberían quedarse en casa
—opina Dudú.

Cuando se ponen a bucear,
Dudú casi se ahoga.
Cuando puede volver a respirar,
tiene muchas ganas de llorar.

Dudú ya no quiere seguir jugando.

–Eres un verdadero bebé –dice Dodó.

–Tú sí que eres un bebé –dice Dudú.

Por él, la piscina entera podría secarse para siempre.

«Así los patos podrían tomar el sol tranquilamente.
¡Eso sí que estaría bien!»
Dudú va a buscar a Mamá para que lo consuele.
Con un poco de suerte, le comprará un helado.

Pero hoy no es su día.
No ve a la libélula que está
haciendo su ronda matinal.
—¡Ejem! ¿Qué tenemos aquí?
—La libélula se ajusta las gafas—.
Parece rico.
Hace un vuelo en picado
directamente sobre Dudú.
Dudú se asusta y sale corriendo.
Sube por la escalera a toda prisa.

¡Oh, no! Era la escalera del trampolín!
A Dudú le tiemblan las piernas,
no se atreve a volver atrás.
«Y el vigilante tan tranquilo.
¿No ve que me puede ocurrir algo?»

Y entonces, ocurre:
La libélula aterriza
sobre el flotador de Dudú
y lo pincha.

Se oye:

Chhhhhhhhhhhhhhhhhh...

La cabeza le da vueltas. Dudú cierra los ojos.
Cuando vuelve a abrirlos, no hay más que aire
a su alrededor.

–¡Yupi! –grita Dudú–.

¡Estoy volando!

—Bueno, ¿qué os ha parecido? —pregunta Dudú
al aterrizar entre los demás patitos.
Se han quedado sin habla.
—Un vuelo fantástico —dice Didí con admiración.

Ya nadie le llamará miedica.
¿Quién se atreve a volar como Dudú?

Por una vez, Dudú es

¡el mejor!

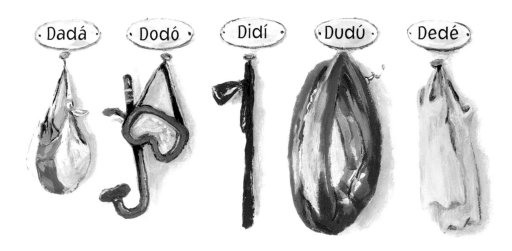

Título original: TOLL GEMACHT, DUDU!
© Fischer Taschenbuch GmbH, Frankfurt am Main, 2000

© de la traducción española:
EDITORIAL JUVENTUD, S. A., 2000
Provença, 101 - 08029 Barcelona
E-mail: edjuventud@retemail.es
www.edjuventud.com
Traducción de Christiane Reyes y Teresa Farran
Primera edición: 2000
ISBN: 84-261-3141-7
Depósito legal: B. 12.018-2000
Núm. de edición de E. J.: 9.808
Impreso en España - Printed in Spain
Tallers Gràfics Soler, Enric Morera, 15
Esplugues de Llobregat, Barcelona
Sant Joan Despí - Barcelona